浪漫的不是海是我们

BO ZHANG

ALSO BY BO ZHANG

浪漫的不是海是你: 时差12小时，我爱你36小时
Love and Free (1 & 2 Eds.)
Lost In Blue

浪漫的不是海是我们

时差12小时，我爱你36小时

BO ZHANG

Dedication

This book is dedicated to my girlfriend, Xinrui Tian.
致我的女朋友田鑫蕊。

浪漫的不是海是我们

BO ZHANG

我，美国

你，中国

不知不觉，今天已经是我们认识的第26天

白驹过隙，忽而我们已相识一个月

4月25日，我们认识的第30天

今天是我们相遇的第52天，是浪漫的一天。

这是我们的第一个520

今天是我们相遇的第二个月，也是我们在一起的第一个星期。

Shandong, China

Rhode Island, USA

4月1日晚上九点四十七分——你的4月2日上午九点四十七分，我问你早上有没有按时吃早饭，然后告诉你说要送你一个小礼物。因为你好可爱，我也很开心遇见你，所以想送给你一个特别的小礼物。是我之前想买NASA（美国国家航空航天局）的周边时了解到的一个虚拟登陆火星的票。需要在NASA官网填写个人信息和地址，然后就会收到NASA提供的一张票，这张票的意义在于自己的名字会在2026年宇宙飞船登陆火星时，跟着宇宙飞船一起被带到火星上面。

我一直觉得我们的相遇，就像火星撞地球很不可思议。能送你一张这样的票真的感觉意义会很特别。

上午你跟我说昨晚有梦到我，不记得具体梦到什么，只记得梦里有我你不舍得醒来。上午九点闹钟响了一次，你醒来后想继续回到梦里，却疯狂寻找没有找到我。你说你在床上坐起来发了许久的呆。脑袋里全是我。

你说早餐时吃了颗玉米，边吃边发呆。然后看到我发信息提醒你按时吃早餐的“温馨提示”信息。你说感觉心里暖暖的，有一个人提心你吃早饭，吃早饭还有小礼物（这张NASA的票）。你说你很开心，好像心里开出许多花。“大概这就是心花怒放吧。这种感觉真奇妙，我同时沉浸其中……”。

4月2日下午，我们视频通话的时候，我带你去逛了市中心最大的商场。那算是我们第一次约会。

我们去了奶茶店——Gong Cha，喝了我戒掉三年的奶茶；还去吃了奶酪牛排三明治。

那是我的下午，你的凌晨……十二个小时的时差，没有能让我们感觉到心里和地理上的距离。

那是一个愉快的下午。

陪你吃饭是我觉得幸福的事情之一。我们认识到现在，我陪你吃了很多次饭，大部分都是学校食堂的午餐。你喜欢吃辣，喜欢吃肉，喜欢蘑菇和西蓝花，喜欢吃火锅和小龙虾，喜欢和奶茶，喜欢豆腐，喜欢小蛋糕——最爱巧克力味……比起面条，你更喜欢吃米饭。你也喜欢吃各种各样的水果，最喜欢榴莲和葡萄。

4月14日，你一个人去海底捞餐厅吃火锅，你说因为有海底捞和樱桃小丸子的联名活动。果然是啊，可爱的餐盘装饰和冰激凌，你点了喜欢的菜单，一切让人有种轻松愉悦的感觉。外面下着雨，你撑着刚买的透明雨伞走在校园，你说有很多个时刻想我、希望我在身边。我也很想你，想早点见到你……

Philadelphia, USA

4月11日，我来到费城参加学术会议。我带着你从坐火车到入住酒店，从开学术会议到探索费城这座很像纽约的浪漫的城市，我们的关系似乎变得近了好多。我很想你。

Qingdao, China

5月2日，你去青岛旅游，也带我看了那里的大海、那里的落日、那里的美食。你跟我分享了很多好看的照片和视频。因为在宿舍要照顾其他人的作息规律，这是第一次晚上十点以后听到你的声音，我很开心因为我们变得亲密。

Philadelphia Union Station, USA

青岛北站——火车站，中国

Newport, Rhode Island, USA

Qingdao, China

Brown University, USA

4月8日。这一天很有趣的一件事就是发生了日全食。据说最佳的观赏地点是加拿大，而美国能看到的最大范围是90%的日全食。

上午我听大家讨论下午两点到三点的日全食的时候，我完全没有关注这件新闻，所以中午之前我都没有准备适合观看日全食的特殊眼镜。

下午一点多的时候，在罗德岛设计学院（Rhode Isand School of Design， 简称RISD）和布朗大学（Brown University）校园的草坪上，聚集了好多人。大家都带着激动愉快的心情等待观察这一种特殊的天文奇观。我在跟几个布朗大学生物学专业摄影爱好者聊天的时候，碰巧收到他们给的观测眼镜。幸运的是，因为遇见他们，我有机会给你看到令人惊叹的日全食照片和视频。据说下次要观测到完整的日全食就要等到44年后了。所以能和你分享这个特殊的时刻，我真的很开心和激动。

后来，你说：“睡醒就看到你给我拍的日全食，好幸福”。

你和朋友逛街的时候给我看了几张可爱的卡片。5月17日是我们认识的第52天，你写了一整个卡片的文字送给我。

你说这是浪漫的一天。你说你感到安心、亲切、舒服、和愉悦，这是你从未有过的感觉。“你总是让我笑，让我开心，我常常因为你感到幸福。谢谢你让我觉得这个世界很美好……”。

其实，你给我的也一直是这种感觉。

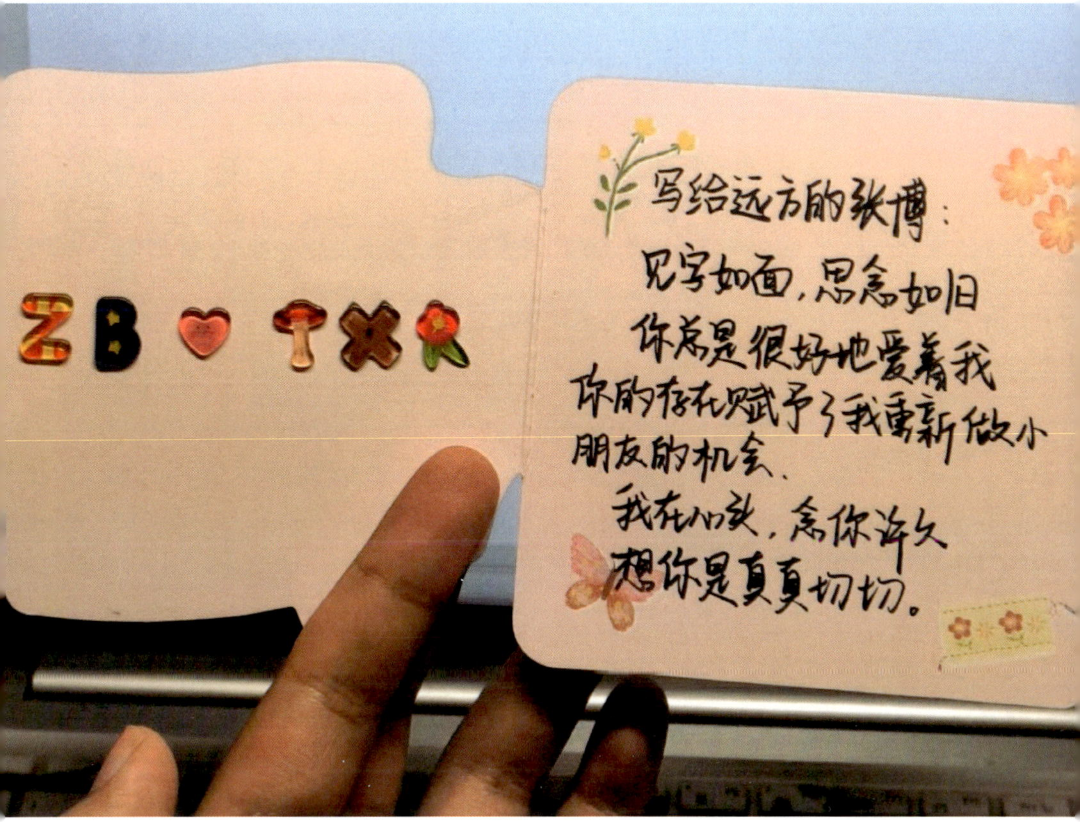

你总是很擅长用各种方法随时表达爱意，所以我常常可以很真切地感受到你对我的喜欢和爱。这让我感觉到我们之间的亲密。

自从我们认识以后，你已经写了六次文字给我。这些文字是你的感受，是你对我的想念和爱，是我们共同的美好经历和回忆。

因为你，我变得比以前性格温柔和有耐心。

4月12日，这是我们开始用情侣软件的第一天。我们终于有属于我们自己的小空间来记录和分享我们的日常了！

之前我有想过怎么和你维持更好的关系、变得更加亲密；想过了解你，然后和你一起经营或者培养我们共同的爱好。

然后有一天你跟我说我们可以一起下载使用情侣软件这件事。后来我们选了这款软件，开始记录我们的很多甜蜜的瞬间和我们之间特别的点点滴滴。

我们的baby Clover是真的好可爱。

4月17日，我决定把你发给我的照片打印出来放在手机里，这样我就可以随时带着你，

我问了你喜欢让我随身携带的照片，然后我们选了最喜欢的5张。

因为就想那天当天打印出来，所以直接考虑的是大家常去的CVS药店。工作人员应该也没见过打印这种拼接照，但是很有耐心地帮我打印出来，然后剪裁好方便我放进手机壳里面。

我给你看手机里照片的时候，你有点害羞也很开心。

这是有点特别的一天。

我从未见过一个像你一样的HelloKitty女孩。 你对HelloKitty及其好多好多周边的喜爱让我感到惊讶又有趣。我们认识第一个月开始你给我看了你的HelloKitty水杯，联名款衣服，玩偶，公仔，手提包，卡片，贴纸，床单被罩……还有你的小电动车……了解你越多，越觉得这些可可爱爱的东西真的很适合你可爱的性格。

5月18傍晚，你和朋友们出去吃小龙虾。跟我视频讲话的时候，你把手机放在桌子上，那晚的天空蓝得好美，手机里是你们轻松欢快的笑声。那是美好愉快的一个时刻。

5月19日中午，路过College Hill附近的那条熟悉的小路时，一户人家门外的杜鹃花开到要溢出来了。我拍了好多照片给你，你说最喜欢这张。

这两张照片分别是四月和五月我们认识以后我去费城开会时入住的酒店房间号，和你在现在的城市住过的一个酒店的房间号。虽然我们没有机会在彼此的身边，但是我们在外出时都能随时有彼此相互的陪伴，一起看彼此路过的风景。 我们不曾错过彼此的重要时刻。这让我感到幸福。

4月2日那天逛商场的时候，很巧地我第一次竟然在**MINISO**的商店里看到很多关于你喜欢的**Hellokitty**的周边。我当时有点惊讶，因为自从**MINISO**开始营业以来我去过好多次，从未见过那么多**Hellokitty**的相关产品。这真的很神奇，像是我们的认识也安排好似的。我买了一盒护手霜，这样我就可以常常用到它，随时想你了。

5月26日我去逛超市的时候，偶然间看到一颗西蓝花玩偶，很可爱也让我一下子想起你，因为西蓝花是你最喜欢的蔬菜之一， 我在你午餐的餐盘里曾看到过好多次。你很开心，给它取名叫“花花”。你说这是我们的第三个小孩……

Onne
Onne van der Wal
PHOTOGRAPHY GALLERY
Above the Newport Mansions Store.

SEAFOOD KITCHEN

4月25日，我第一次带你去看海的那天，有漂亮的蓝色大海和晚霞，有海边吹萨克斯的艺术家，有落日黄昏在海边拍照的人群，有装饰漂亮的码头可爱商店，还有在一家带酒吧的海边餐厅就餐时和你聊天的我。

那是惬意放松美好的一个下午。回去的路上，一路有你陪着。

这一天开车带你来看海，我有考虑要不要跟你告白。但是我感觉好像还没有完全准备好。我没有来得及准备你喜欢的鲜花，没有考虑好布置怎么样的场景，没有想好怎么让你做相应的准备。你当时在睡觉，时间点也不是那么方便。最重要的是，我感觉对你的告白可能蕴含的情感还没有那么浓烈和深刻。我希望对你的告白会是滋滋真真切切句句让你有所共鸣和明确地感觉到爱和被爱，然后你会发自肺腑地想要和我在一起…… 于是我写了这些话，纪念下我们认识的第30天。这是我第一次认真地了解一个女孩并且记录和我们有关的重要日子。

这张照片是你去青岛旅行的时候拍的。可能是被你当时的愉悦心情所感染，我有种面朝大海，春暖花开的感觉。

你特别用心地在网上选了一个小相册，然后悄咪咪地选了30张我们的照片并且把他们打印出来。你在青岛旅行的时候提起过相册和照片，我当时以为你有打印相片的习惯而已，结果当你把打印好的我们的照片拿在手里给我看的时候，我是有点懵的。我们的联系终于有了很真实的连接。收到小相册的时候，你把照片一张张剪裁好放进去，还特意亲了好几次里面我的照片，我一下子就害羞了。你真的好细心、好贴心！

4月25日，我们认识30天的时候，我带你去看了喜欢的大海。在海边的时候，我拍了一张伸手去牵你的照片，表达强烈的对你的想念。
5月2日，你在青岛拍了同样的照片来回应我。虽然隔着一整个太平洋，我感觉到你离我好近。我们好浪漫！……

你说要用相册把所有和我有关的记忆定格起来，在见面的那天一起翻看，回味我们有过的思念。

5月15日，你在手机上同步了我的天气。你说“今天把老公的天气放到我的天气旁边啦~感觉和老公离得又近了一些”……你好可爱！

虽然我和你认识的第一个星期有同步你的天气到手机上，但是没有你手机这么有趣的显示。我记得你说当我提醒你因为天气穿什么衣服的时候，你有点开心和感动。

5月25日，你给我看了有我照片的钥匙扣，你说选了我最近的两张照片，这样就可以每天随身携带了。

4月14日。我路过College Hill的这条小巷时，觉得很漂亮很有感觉。我在想：要是能和你牵手走在这条路上，那该是多美好的一件事啊……所以我拍了这张照片给你。

快回到公寓的时候，你情绪有点不对劲，我有点担心。问了你好久，你才告诉我说因为好久没有见到我。

我有点心疼又觉得可爱。我跟你说如果有什么想法或者情绪，可以跟我聊聊。

为了安慰你，我路过超市的时候去了里面的花店，想要送给你，你说最喜欢带着粉色的白玫瑰。

你说你很惊讶很开心，因为我时刻在意你的心情。然后你解释到和我在一起的时候99%的心情都是开心，剩下的1%的小情绪也未必是件坏事。

你说有些情绪的起伏能让我们更真切的感受到幸福并更好地珍惜……你说这话的时候，让我有点意外和开心……

那玫瑰花瓣上浅浅淡淡的粉像你害羞时绯红的脸颊，那是你的娇羞，是你对我也是我对你的怦然心动，是我们“对爱情的热烈憧憬”……你说那种感觉只是对我……

你真是个特别容易害羞的女孩。每次害羞的时候，突然就脸红，然后会不好意思地低头。因为这花太像你，我开玩笑地跟你说这花现在有个新名字，叫”害羞的田鑫蕊“。后来你一直记得那一刻。还把这张照片打印了出来。

你总是会很乐意跟我分享你每天生活的点点滴滴。

可能因为我之前从未有过频繁和另一半聊天和交流分享的经历。但是跟你认识后，我才明白分享的意义。我每天早上起来的时候，看到你发给我的信息，照片，和视频，好像不曾错过你生活的每一部分……这让我觉得我们很亲密。

你说喜欢我一一回应你发给我的信息，感觉有被在意到……

这张照片是5月10日你在学校操场的时候拍给我的，那是阳光灿烂的一个下午。

你喜欢花。所以我看到好看的花都会随手拍照分享给你。

5月5日，我在附近一条巷子某户人家的门口看到这种从未见过的花。你上网查了下，说它叫“荷包牡丹”（bleeding heart)。

它的花语是：象征纯洁的爱情，心灵的伤痛和思念。

4月7日我偶然路过Rhode Isand School of Design (RISD)的一个小花园, 第一次见到杜鹃花（Rhododendron).

那种热情且充满活力的粉色像雪花的轻盈，桃花的清新，和石榴花瓣的温柔。我们两个都莫名地激动。

它的花语是“永远属于你”，“深深的思念”，粉色的杜鹃代表浪漫，青春，和爱情。

这天看到的粉色杜鹃花总让我想起那一刻的我们。

原本以为自己很完整，原本不寂寞；自从遇见你，这一切都变了……

和你认识以后，我无数次地想象和找寻和你有关的联系，盼望着和你见面；而现在，到处都有你的影子和气息……

这是你在青岛旅行时去海边的沙滩上写的我们的名字。当时我们正在视频通话，我顺着你视频的方向看见你像别的热恋中的情侣一样在沙滩上画出一颗心和我们的名字。这是你第一次把我们的名字写在了一起。你画这些的时候，我在手机上悄悄截屏了照片，想要记住这个画面…… 后来你居然打印了一张照片出来，你好细心好甜……

5月20日凌晨四点一刻，你的下午四点一刻的时候，我收到你发给我的这张照片。当时你在逛商场，然后你在这里写下了我们的名字。我们在一起后，你写了很多次我的名字。每次你写我名字的时候，我都能感觉到你的爱意和浪漫。这是我们的第一个520，我已经迫不及待地想让你知道我即将对你的告白，期待你明天能说 "Yes"愿意做我的女朋友。

4月13日。虽然这次来费城只有短短的三天，但是在即将离开的这一刻我莫名地感觉和这里有了微妙的联系。大概是因为我在这里的所有轨迹当中有了你的存在和陪伴。我拍了这张照片说想你。而我也真的很想你……

5月15日，我看到jellycat官网上的那些可爱的毛绒玩偶就分享给你了，然后你很激动地提起了它家让你印象深刻的几个玩偶：backpack elephant，little fox, yummy bunny, 和 little bunny。因为当时只有little bunny还有库存，我下了单想要送给你。你很开心地在我们的玩偶名字列表中选了Fluffy这个名字给它。这是我们的第二个baby……

Qingdao, China

Rhode Island, USA

5月29日下午2点33分，我收到一封邮件，是市图书馆负责“From Hold to Horizon” 艺术展的工作人员发来的。信里通知我说我提交的我们拍的两张照片已经被认可并且获得展出了。

看到邮件的时候，我正在和你视频通话，我第一时间就告诉了你……“谢谢你为我们做的这些……喜欢你！” 你激动地说。

事情起因是两个星期前的一个下午，我碰巧去市图书馆，然后偶然间到了很少去的三楼。当时正好有个展览，我看了展出的作品，并且留意到可以在图书馆提交分享自己关于大海的摄影作品然后有可能会获得展出的机会。

我第一时间就想到了你，因为我们两个都喜欢大海，也拍了好多关于大海的照片和视频。我想假如我们的照片可以在这里展出的话，那将会是多么浪漫的一件事。

于是当天晚上的时候，我给图书馆艺术展的联系人发了一封邮件并且提交了两张照片，一张是关于前年我带了自己研究生时期的W.教授在Point Judith Lighthouse附近游玩时拍的一对夫妇观望大西洋的一瞬间；另一张是你在青岛旅行时拍的大海和远处的雾霭氤氲下的城市。我说希望能有机会分享我们拍的大海的照片，以此表达我们对彼此的牵挂、爱、和支持。

此刻，何其有幸我们能在这世界小小的角落分享我们的故事。从此，这个城市有了关于我们共同的印记。

Bo

Rui

你/You

我/Me

Us/我们

我在美国。你在中国。我们之间距离是12个小时的时差，是一整个太平洋和美国地图。而这样的我们竟然奇妙地在一节高数课上相遇，我们两个一致认为遇见彼此是一件非常幸运的事。

2024年3月26日晚上8点46分，你的上午8点46分，我和你在网路上相遇。我们的聊天轻松愉快，你俏皮可爱性格开朗大方积极主动，我内敛含蓄当中有那么一点点的幽默和调皮。那天我们互相添加了彼此的社交媒体账号。

自从认识后，我们都会很期待和对方讲话，也很开心和彼此分享我们各自生活的种种日常。我们会发很多信息，分享很多我们拍的照片和视频。你喜欢花，我每次看到花都会拍照给你；你喜欢大海，恰好我也对大海着迷，我们带彼此看了不同地方的大海。你总是会按时打电话给叫我起床，我也会跟你一起上下课。我们似乎有讲不完的话和道不尽的思念，尽管我们有花很多时间在电话里陪伴彼此。

你喜欢简单直接、情感外露的表达，恰好我习惯了美国式的直抒胸臆的感情传达。我们的聊天记录里有很多个“我想你”，“我喜欢你”，和“我爱你”……而每次无论谁先说，我们都会很好回应彼此。这是我们让对方感受爱意的很默契的部分。和这个一起让我们也很默契的，是我们从认识那一刻起到现在，都默默地为了对方熬夜调整自己的时间和作息，我们用这样的方式抗拒时间和距离，我们从未跟对方提起过。

除此之外让我感动的，是每个重要的日子，你都会写一封信——小情书——给我。

你写给我的第一封信是我们认识第26天的时候。当时你工工整整手写了长长两页的内容，我特别感动！你的字好漂亮！你真的是一个细心而且好会表达爱意的女生，你总让我有被爱的感觉。

我们认识后，有好几次我想向你告白，但是我又还没有想到合适的时间地点和方式。也觉得应该有那样一个合适的状态和心情以告白的方式正式地迎接你到我的生活里，也希望你会有想要和我在一起的意愿和冲动。
机缘巧合，一切都像被什么安排好的一样，5月20日前几天，我有种强烈的感觉，想在520的时候向你告白。

时间过得既快又慢，快是因为我总感觉做的准备还不够好，慢的是因为我一直在倒数这一天的到来，好跟你坦白我对你全部的感觉和美好的期待。凌晨十二点五十一分的时候，我在社交媒体上发送了两个文件给你。一个是我在两三个小时前刚出版的关于你的一本书《浪漫的不是海而是你》，另一个文件则是我写的一封告白信。我用了电脑的幻灯片大概装饰了下设计，我想要的是简单直接人方。我读了好几遍确认无误之后发给了你。信的末尾，我写道："谢谢你愿意为了这个被动和害羞的我，主动向我走出了那第一步。剩下的九十九步请让我走向你……亲爱的田小姐，我想和你一起看更多的大海和风景，拍更多的花更多的树和天空，编织更多属于我们的梦……请问你愿不愿意做我的女朋友？"

我把文件发给你后心情忐忑又紧张。我借口去洗澡舒缓心情，迫切地想知道你的回答。

洗完澡后，我赶紧去看你的答复……

“我愿意”……你说。

虽然我大概可以预料到你会说YES，但是我还是非常开心和激动，田鑫蕊终于正式成为我的女朋友啦！……

5月30日上午七点，你的晚上七点。我们视频通话时，你给我看了你刚刚收到的打印出来的我们的照片。一共30张，其中十张都是我的照片。其余照片都是关于我们。你说这次没有塑封照片，这样就不用剪裁可以直接放进相册了。你说相册这一两天能收到……

这已经是你第二次打印我们的照片了……
知道吗？你总是悄咪咪地做很多贴心和惊喜的事情，这让我既惊讶又真切地感受到你给的浓浓的甜蜜和爱意。

好几次，我有种回到初高中第一次谈恋爱的感觉。而幸运的是，那个人是你……

今天是我们认识的第66天，也是你答应我的告白后我们正式在一起的第10天。我们在一起的每一天你都让我感到快乐，安心，和特别。我很高兴能在千万人之中遇见你，更觉得荣幸能和你成为恋人！以后请多关照哦，田小姐。

我爱你，田鑫蕊。

你的Bo
2024年5月30日

About the Author

Bo Zhang's (张博) publication primarily focuses on academic related topics. During spare time, Bo enjoys traveling, photography, filming, and writing. Originally from China, Bo now lives in Rhode Island, USA.

Books Also from BO ZHANG:

1. 《浪漫的不是海而是你》
2. 《爱与自由》(第一，二版) 【中文】/Love and Free (1st & 2nd Eds.) 【English】
3. Lost in Blue
4. The Ocean State: Rhode Island
5. Snapshots of a Stranger in a Strange Land (1 & 2 Eds.)
6. 《留学生必读100条生存指南》【中文】/Essential Guide to Success: 100 Tips for International Students 【English】

Milton Keynes UK
Ingram Content Group UK Ltd.
UKRC031535260624
444695UK00006B/57

9798331232825